Vamos ter uma D.R.?

Diálogos Psatíricos
Daniel Roizman X Rhodys Sigrist

Editora Appris Ltda.
1.ª Edição - Copyright© 2022 dos autores
Direitos de Edição Reservados à Editora Appris Ltda.

Nenhuma parte desta obra poderá ser utilizada indevidamente, sem estar de acordo com a Lei nº 9.610/98. Se incorreções forem encontradas, serão de exclusiva responsabilidade de seus organizadores. Foi realizado o Depósito Legal na Fundação Biblioteca Nacional, de acordo com as Leis nos 10.994, de 14/12/2004, e 12.192, de 14/01/2010.

Catalogação na Fonte
Elaborado por: Josefina A. S. Guedes
Bibliotecária CRB 9/870

S578v
2022
	Sigrist, Rhodys de Rodrigues
	    Vamos ter uma D.R.? : diálogos psatíricos ; Daniel Roizman X Rhodys Sigrist / Rhodys de Rodrigues Sigrist, Daniel Hamer Roizman. - 1. ed. - Curitiba : Appris, 2022.
	    90 p. ; 21 cm.
	
	    ISBN 978-65-250-3436-2
	
	    1. Humor. 2. Riso. 3. Psicanálise. I. Roizman, Daniel Hamer. II. Título.
	
	                                                  CDD – 869.7

Livro de acordo com a normalização técnica da ABNT

Appris
editora

Editora e Livraria Appris Ltda.
Av. Manoel Ribas, 2265 – Mercês
Curitiba/PR – CEP: 80810-002
Tel. (41) 3156 - 4731
www.editoraappris.com.br

Printed in Brazil
Impresso no Brasil

Rhodys de Rodrigues Sigrist
Daniel Hamer Roizman

Vamos ter uma D.R.?

Diálogos Psatíricos
Daniel Roizman X Rhodys Sigrist

FICHA TÉCNICA

EDITORIAL
Augusto V. de A. Coelho
Marli Caetano
Sara C. de Andrade Coelho

COMITÊ EDITORIAL
Andréa Barbosa Gouveia (UFPR)
Jacques de Lima Ferreira (UP)
Marilda Aparecida Behrens (PUCPR)
Ana El Achkar (UNIVERSO/RJ)
Conrado Moreira Mendes (PUC-MG)
Eliete Correia dos Santos (UEPB)
Fabiano Santos (UERJ/IESP)
Francinete Fernandes de Sousa (UEPB)
Francisco Carlos Duarte (PUCPR)
Francisco de Assis (Fiam-Faam, SP, Brasil)
Juliana Reichert Assunção Tonelli (UEL)
Maria Aparecida Barbosa (USP)
Maria Helena Zamora (PUC-Rio)
Maria Margarida de Andrade (Umack)
Roque Ismael da Costa Güllich (UFFS)
Toni Reis (UFPR)
Valdomiro de Oliveira (UFPR)
Valério Brusamolin (IFPR)

SUPERVISOR DA PRODUÇÃO
Renata Cristina Lopes Miccelli

ASSESSORIA EDITORIAL
Manuella Marquetti

REVISÃO
Monalisa Morais Gobetti

PRODUÇÃO EDITORIAL
Bruna Holmen

DIAGRAMAÇÃO
Bruno Ferreira Nascimento

REVISÃO DE PROVA
Bianca Silva Semeguini

CAPA
Caio Oshima

COMUNICAÇÃO
Carlos Eduardo Pereira
Karla Pipolo Olegário
Kananda Maria Costa Ferreira
Cristiane Santos Gomes

LANÇAMENTOS E EVENTOS
Sara B. Santos Ribeiro Alves

LIVRARIAS
Estevão Misael
Mateus Mariano Bandeira

GERÊNCIA DE FINANÇAS
Selma Maria Fernandes do Valle

Agradecimentos

Daniel

Ao Rhodys. Suportar um sujeitinho como eu não é para principiantes!

Rhodys

Ao Daniel Roizman que pelas provocações que cutucaram a vara curta com a onça, minha analista Lya por não segurar alguns risos durante as sessões e aos seguidores da página que são uma bela fonte de inspiração para inúmeros chistes!

Prefácio

Neste livro, é certo que vamos ter uma D.R.: direto ao riso!

O humor, úmido que é, permite ousadas misturas, desafia a morte, desfia a vida. Pelos filamentos do cotidiano, os autores criam uma D.R. fascinante: ora são doutores, ora discutem relacionamento (a relação sexualmente discutida existe) e ora vão direto ao riso!

As páginas deste livro recebem doses de sagacidade, cultura, filosofia, cinema, teoria, ditos populares, baldes de água fria, críticas e, neste mar de risos, os autores nadam nos trocadilhos e afogam as mágoas que precisam ser ditas.

É um livro leve, pese ele para você ver, nem passa de um quilo. É levinho! Inclusive, combina mesmo com vinho, cerveja, água... Este livro, "a-pesar" de para muitos faltar filtro, não combina com pedras nos risos, ops... nos rins.

Nas sutilezas de cada texto, o contexto se forma sem se conter, mesmo contendo muita informação. Ainda que aqui tenha soado bonito, eu sei que eu não disse nada, até me senti um grande teórico. Vai ficar assim, chique!

O tempo, este trem cheio de furos, é libidinoso, é quase um queijo em processo de cura, que a gente devora, come, se alimenta, por isso sou grato por você ter feito este banquete de seus minutos aqui comigo. Boa leitura! Divirta-se!

Eduardo Lucas Andrade
Psicanalista, escritor e fluente em mineirês
@eduatopsi

Sumário

Tendo várias D.R.   11

Uma D.R. virtual   87

(RETIRADA DO FORNO DO INFERNO CHAMADO INSTAGRAM)

Tendo várias D.R.

1)

Daniel: Meu analista admitiu que está contratransferindo. Sem querer eu interpretei seu Édipo e ele achou que deveria me pagar. O que você acha?

Rhodys: Parece que ele transferiu além da conta. Nesse caso, deixe o troco como gorjeta.

2)

Rhodys: Tive um paciente que era viciado em pornografia. Disse a ele para começar a utilizar o Excel e o caso teve uma grande melhora.
Daniel: Por que?

Rhodys: Porque tudo para ele era "por-no-gráfico". Quando ele viu que estava "batendo a meta", proclamou ter descoberto com quantos paus gozava sua patroa.

Daniel: Atirou-se no pau dos gatos... Uma subversão gozante, hein, Dona Chica?

3)

Daniel: Vida longa e refinada ao falo freudiano!

Rhodys: O falo seria o que vem a ser o discurso lacaniano? O típico "você não fala com(o) eu falo?"

Daniel: Sim! O lacaniano está sempre com o falo entre os lábios...

4)

Rhodys: Um desejo: ver um comportamental lendo Lacan e depois perguntar o que ele entendeu. Ele poderá entrar em choque ao perceber que a falta é reforço positivo e negativo ao mesmo tempo, temperado com punições... Deveras, que linguagem mais sado-masoquista os comportamentais usam, né?

Daniel: Eles vão acabar dando choque no próprio saco.

Rhodys: Certamente será uma castração muito bem-sucedida!

5)

Daniel: Se você pudesse voltar para o passado, o que faria de diferente?

Rhodys: Avisaria meu analista que meu problema era ter gastado o que não podia em minha análise com ele. Parece-me um ciclo vicioso... Será que ele estava apostando todas as suas fichas no analista?

6)

Daniel: De dois universos antes paralelos. Agora cruzados novos.

Rhodys: Caminhando para o Real.

7)

Daniel: Quando um sujeitinho faz uma piada com alguém dizendo que vai lhe dar um brinde e mostra suas mãos vazias, ele faz parte do livro: Chistes e sua relação com os nossos presentes.

Rhodys: Ou vai ver é um convite para que ele use as suas mãos como bem quiser!

8)

Rhodys: O que fazer quando o analista insiste em tocar em nossas resistências?

Daniel: Tocar?
Quando ele bater na porta, "toc-toc", diga que não tem ninguém em casa.

9)

Daniel: Um analista se vê identificado com seu paciente e fala de sua vida pessoal.

Mas para se retratar ele deixa uma caixa de língua de gato na recepção.

O paciente recebe a jogada e lhe diz: "Você pagou com a língua. Esses chocolates são mais caros que o valor da sessão".

Rhodys: E o analista logo respondeu: "Você não deixou mais o gato comer a sua língua. Temos um progresso!"

10)

Daniel: Você sabe que na *Interpretação dos sonhos*, Freud diz que subir e descer escadas tem o significado metafórico de realizar o ato sexual?

Em que isso nos auxilia a pensar acerca da subjetividade humana, professor Tiburcio?

Rhodys: Penso agora o quanto faz sentido a música da Ana Carolina: "Vou de escada para elevar a dor!"

11)

Daniel: Que eu veja o umbigo do sonho quer dizer que minha barriga não faz resistência ou que meu espelho é de boa qualidade?

Rhodys: Parece que seu Ego está tão cheio que só aparece a pontinha do iceberg!

12)

Rhodys: Ontem a moça da recepção me deu um "oi" com um sorriso. Acho que estamos nos amando!

Daniel: Com todo respeito, meu caro. Mas a "Oi" telecomunicações decretou falência.

Rhodys: É, realmente... Aquele sorriso me levaria à falência!

13)

Daniel: Freud, eu sempre acho que minha história se parece muito com a dos meus antepassados. O que devo fazer?

Rhodys: Vou começar a escrever as notas de sessão em um papiro!

Daniel: Olha, meu chapa. Se você já não escrever em lenço umedecido significa que sua família não é uma merda.

14)

Daniel: Dr. Pastinha, eu adoro mulher de fio dental!

Dr. pastinha: Ótimo! Mas o que mais me preocupa é a sua saúde bucal, não a dos outros.

Rhodys: Vocês só querem uma mulher para usar após o jantar. Mas vão acabar morrendo de fome.

15)

Daniel: Birigüi vai à sorveteria e diz que vai experimentar um sorvete diferente.
Ao pedir o de morango, o atendente avisa-lhe que ele sempre pede esse sabor.
Qual a conclusão de Birigüi?

Rhodys: Talvez o atendente não tenha se tocado que Birigüi queria um morango com sabor diferente.

Daniel: Acho que o atendente está achando que eu vivo dentro de um freezer.

Rhodys: É que ele está congelado no tempo!

16)

Rhodys: Aquele psicanalista que você me indicou é muito caro. Não tem um mais em conta não?

Daniel: Parece que o que você não está levando "em conta" é o peso transferencial que essa análise pode ter para você.

17)

Daniel: Dr., qual é a medida de todas as coisas?

Rhodys: Você deseja que tudo caiba em você, mas sem querer medir as consequências?

Daniel: Sim, mas só quando não lembro da minha castração.

Rhodys: Pelo visto, para você tamanho é documento.

18)

Daniel: O futebol é o ópio do povo?

Rhodys: Para um povo viciado em dar bola fora, com certeza.

19)

Rhodys: O tempo tudo cura?

Daniel: Depende. Se for queijo curado, parece que sim.

Rhodys: Então o tempo só cura o que é feito para comer?

Daniel: Sim.

Rhodys: Muito freudiano esse tempo!

20)

Rhodys: Acabei tendo filho sem planejar, e me espantei ao ver o quanto amo meu filho!

Daniel: Ser mãe lhe é uma bela surpresa! Não sei se o "pai" compartilha dessa opinião...

Rhodys: O pai se assustou mais do que eu e voltou a morar na casa da mãe dele!

21)

Daniel: Um sujeito foi para o Polo Norte e diz ter entrado numa fria. O psicanalista o diagnostica como psicótico!
Qual o elemento semiológico que embasa esse parecer?

Rhodys: Parece que o paciente esqueceu o agasalho no consultório!

Daniel: Esse psicanalista gosta é de dar gelo...

22)

Daniel: Dr., meus pais só me deixaram de herança um punhado de loucura e dívidas! O que eu faço?

Rhodys: Abra mão!

23)

Daniel: Vocês vão ficar em quarto.

Rhodys: Mas tome cuidado! Bata na porta antes de entrar!

Daniel: Melhor em quarto do que (in)sexto.

24)

Daniel: Dr., tenho vontade de jogar tudo pro alto!

Rhodys: Pois como diz aquele velho ditado: tudo que sobe tem que descer...

Daniel: Você e essa sua megalomania!

25)

Rhodys: Encontrei hoje uma placa em que estava escrito: "Pare de sofrer agora! Basta entrar".
Será que devo?

Daniel: Se você for o Mário Bros., sim. Ele adora entrar pelos canos!

Rhodys: É que eu encano com a dor.

26)

Daniel: Dr., dê-me um caminho de luz.

Rhodys: Tenha um nenê.

Daniel: Achei que me daria só uma ideia. Aí você me deu duas!

27)

Daniel: Filho, você é um irresponsável!

Rhodys: Pai? Pois eu já te acho dispensável...

Daniel: É aquela coisa: tu te tornas eternamente responsável por aquilo que invalidas.

28)

Daniel: O que seria psicoterapeuta trínico?

Rhodys: É uma evolução do terapeuta cínico.

29)

Daniel: Bagual. O ser humano nasce, cresce, se reproduz e morre?

Rhodys: Sim, e nesse meio-tempo ele tenta achar inúmeras formas de matar o tédio.

30)

Daniel: Dr., por conta de minha relação com Lacan, eu fui acusado de "verme iconoclasta". O que isso quer dizer?

Rhodys: Quer dizer que temem que você saiba mais do que devia!

Daniel: Discordo, seu verme. Acho que me acham uma merda mesmo.

Rhodys: Viu? Realmente você sabe demais!

31)

Daniel: Fiquei excitado ao ver que castraram meu cachorro. Isso quer dizer que sou sádico?

Rhodys: Encerramos a sessão por hoje.

32)

Daniel: Professor, o machista liberal é aquele que prega o autoritarismo da cintura para cima, mas libera tudo da cintura para baixo?

Rhodys: O machista liberal é aquele que precisa de homens mais masculinos, para depois liberarem seu fetiche com eles.

33)

Rhodys: Dr., como posso provar para todo mundo que eu sempre tenho razão?

Daniel: Joga na Mega-Sena.

Rhodys: Mas e se eu não ganhar?

Daniel: Você continua tendo razão, mas não um milhão.

Rhodys: Eu tenho um milhão. Meu urologista disse que meu milho está acima da média.

Daniel: Cuidado, que assim você pode pipocar!

34)

Daniel: Dr. Green, se pudesse escolher uma muda para plantar antes de morrer, qual seria sua natureza?

Rhodys: Escolheria uma "comigo-ninguém-pode" só para dar uma equilibrada!

Daniel: Num anseio de ser imortal, achei que não plantaria nenhuma.

Rhodys: Minha parte muda precisa morrer, não é?

Daniel: A que se cala, talvez sim. Mas a que se modifica, creio que não.

Rhodys: Talvez mudança seja isto, se não muda, dança!

35)

Daniel: Sr. Repolho, se você fosse um lixo, seria orgânico ou reciclável?

Rhodys: Na atual situação, não sendo tóxico está de ótimo tamanho!

36)

Rhodys: Dr., estou confuso! Toda hora que penso em pornografia, fico com medo de estar sendo machista!

Daniel: Pois lhe recomendo que só assista filmes de bi femininos.

Rhodys: Insinua que sou bissexual?

Daniel: Freud disse.

Rhodys: Ele acertou metade. Mas não direi qual!

37)

Daniel: A marca de óculos que eu uso é a Jean-Paul Sartre. Eu enxergo a vida de forma existencialista.

Rhodys: Seria o vejo, logo existo?

Daniel: Esses já seriam os óculos "descartesianos". Você olha e dá uma descartada.

38)

Daniel: Por que não pensei nisso antes!?

Rhodys: Talvez você tivesse morrido sem ter visto nada de legal na vida.

Daniel: Não sou cego, embora tenha dificuldade de enxergar que para que eu existisse, meus pais tiveram que trepar.

Rhodys: É, o amor tem que ser cego às vezes!

39)

Daniel: Sinto-me cego, surdo e mudo para relacionamentos!

Rhodys: Parece que a única forma de você se relacionar é sendo tocado!

Daniel: Concordo. Tenho um bom urologista para lhe fazer o exame do toque. Ele tem dedos bem gordinhos.

Rhodys: Parece que é assim mesmo. Sempre que tento me relacionar, eu tomo no c*!

40)

Daniel: Você faria análise com o Jack Estripa-dor?

Rhodys: Só se ele cortar meu mal pela raiz!

Daniel: Essa me parece a típica declaração de "gente de bem".

Rhodys: Fazendo bem, que mal tem?

Daniel: Bem me quer, Mal me quer, O mal te quer...

41)

Daniel: Por que as pessoas gostam de cheirar cera de ouvido?

Rhodys: Para ver se o que está sendo dito cheira bem?

42)

Daniel: Alguém que segue numa análise lacaniana pura com cortes e silêncios constantes é necessariamente um masoquista?

Rhodys: Acho que está mais para um cineasta europeu.

Daniel: Seja mais específico. Truffaut ou Pasolini?

Rhodys: Se o corte for bem feito, Haneke!

43)

Rhodys: Por que os analistas insistem em pôr o dedo na ferida?

Daniel: Analista mesmo não tem dedo. Não há o que apontar ou introduzir. Apenas chupar e/ou mamar.

Rhodys: É, sempre saio chupando dedo das sessões! Pelo menos sinto que assim ninguém vai encostar o dedo para mim!

Daniel: Era isso que Freud diria caso não fumasse charuto.

Rhodys: O charuto do Freud era o "dedo podre" dele?

Daniel: Eu diria que era o defumado mesmo.

44)

Daniel: Meu psicanalista acha que eu devo trocar meu fardo existencial por um fardo de salsichas. Alguma orientação?

Rhodys: Possivelmente bissexual.

Daniel: Ele come para viver, mas também vive para comer!

Rhodys: Que hedonismo!

45)

Daniel: Quando alguém diz que Beltrano come peru e arrota presunto, quer dizer que ele é um porco ou um mero sócio da Sadia?

Rhodys: Acho que enganaram ele na fila do pão... Opa, digo, dos frios!

Daniel: Estou achando que você trabalha para a Perdigão, mas nunca renunciou ao desejo de ser uma executiva Sadia.

Rhodys: Eu sou o que está nos frios, cortando peru.

Daniel: Come Sadia e arrota Perdigão.

Rhodys: Nada melhor que comer 2 em 1!

Daniel: Sabe que eu gosto do presunto Sadia, mas os salames compro da Perdigão. Você tem razão. Com pão e paixão a gente não fica na mão.

Rhodys: Dá para misturar sem confundir.

46)

Daniel: Não sinto que minha índole mudará. Minha mãe sempre me chamou de garoto mau.

Rhodys: Parece uma inversão de papéis do seio bom e mau.

Daniel: "Sei-o não" viu.

Rhodys: Olha pelo lado bom: o seio mau nunca dá o que o bebê precisa. Então você nunca será um filhinho de mamãe, poderá seguir seu rumo exatamente por não suprir o rumo que ela deseja. Paradoxalmente você vai se realizar sendo um garoto mau por não ser o que sua mãe quer, o que fará com que você seja livre para desejar além dela e ela além de você. Parabéns, você mudou muita coisa não mudando nada. Você é um bom mau!

Daniel: Tá me chamando de (Mau)ricinho?

Rhodys: Sim, Bon-i-Fácil.

47)

Daniel: Um paciente disse que está saindo do armário já que está virando psicanalista aos 30. Eu lhe respondi que ao menos ele vai poder esfriar a cabeça já que dentro do armário não há ar condicionado.

Rhodys: Dizem que por volta dos 30 anos acontece uma virada de mente. A saída do armário não mente jamais!

48)

Daniel: Acho que a transferência é como um elástico.

Se não puxar, a análise não anda, mas se puxar demais, ela rompe.

Rhodys: E se soltar, machuca!

Daniel: De qualquer forma tem muito analista que gosta dos elásticos para amarrar dinheiro. É bom tomar cuidado para não ficar amarrado junto com eles.

Rhodys: Ou se perderem nas notas e acabarem devendo na escuta!

49)

Rhodys: Doutor, será que meu marido procura fora o que eu não quero ceder?

Daniel: Capaz de ele procurar dentro e não achar. Se cê-der para ele, talvez melhore um pouco. Mas não dou garantias.

Rhodys: Eu vou é cedar na cara dele!

50)

Daniel: Dr., tenho um camarada que sempre brinca com Uranus. Já sabemos que há uma pulsão anal aí pronta para ser escutada. Ur-anus. Contudo já lhe interpretei isso e nada mudou. O que eu faço?

Rhodys: Terminamos a sessão por hoje, Sr. Ur.

51)

Daniel: Dr., sou desleixado e tudo o que faço fica avacalhado. Dizem que nunca serei um aluno prodígio. Mas afinal de contas, para que serve um aluno prodígio?

Rhodys: Para manter a bagunça do professor escondida.

52)

Daniel: Professor Pascoale, percebo que o senhor é não todo fálico. Afinal: qual é mesmo a diferença entre ditongo e hiato?

Rhodys: No fim das contas, tudo que se alonga demais pode ser mais separado.

Daniel: Mas não entendi.

Rhodys: Pense em quantas vezes você consegue separar paralelepípedo e quantas vezes você consegue separar rua.

Daniel: Acho que minha hérnia de hiato está inflamada. Estou me sentindo um mongo.

Rhodys: Hummm... E estava tentando transformar ela em ditongo para ver se melhoraria?

53)

Daniel: Um paciente petulante adora fazer aquela piadinha:
"Pandemia - pandamia 🐼
Mama mia"
Que digo a ele?

Rhodys: Diga a ele que vá de Mauá–Pior.

54)

Daniel: Quando uma revista de psicanálise se torna um fetiche burocrático e acadêmico, você recomenda que a pessoa vá procurar uma dominatrix ou deixa quieto?

Rhodys: Eu recomendaria uma sessão fora da academia, para ser possível pegar mais leve!

55)

Rhodys: Quem com ferro fere, com ferro será ferido. Confere?

Daniel: Até onde eu sei, em casa de quem tem pau, o espeto é que é de ferro.

Rhodys: Deve ser por isso que quem casa, quer casa!

Daniel: Ferrou.

56)

Daniel: Sobre aquele lance de vingança ser um prato que se come frio ou quente! Ninguém nunca cogita que ele possa ser morno?

Rhodys: Obrigado, estou de dieta.

57)

Daniel: Certa vez escutei no X-Men que "o bravo é sempre o primeiro a morrer". Mas logo fiquei pensando: quem é calmo tem mais paciência com a morte?

Rhodys: Ou que o bravo não tem paciência com a vida.

58)

Daniel: Eu sempre quis ser pintado. Adoraria estar num "quadro diagnóstico".

Rhodys: parece que essa "pintada" vai acabar te castrando em preto e branco!

59)

Rhodys: Eu sempre acho que todo mundo vai passar a perna em mim. É por isso que sonho tanto com futebol?

Daniel: Não. Quando sonhamos com futebol, é porque há um desejo recalcado de "trocar as bolas".

60)

Daniel: Adoro ser chamado de louco. Desse diagnóstico não abro mãe. Opa, ou melhor, mão.

Rhodys: Você já está trocando as mães pelos paus! Opa, as mãos pelos pés!

61)

Daniel: Todo psicanalista tem um fascista para chamar de seu?

Rhodys: Será que é por isso que aumentou o número de psicanalistas com carteirinhas e distintivos espalhados por aí?

62)

Rhodys: A psicanálise fala de mãe, pai... Mas e os irmãos, onde ficam?

Daniel: Nos cemitérios.

Rhodys: Os irmãos são coveiros da psicanálise?

Daniel: Acho que cedo ou tarde eles viram adubo.

Rhodys: É, estamos todos na merda.

63)

Daniel: O que seria uma psicanálise estupefaciente?

Rhodys: Deve ser uma análise que dá umas estupefatas na cara do paciente.

Daniel: Estupe-fartas com luva de pelica! Parece que você sempre arruma um jeito de estralar os dedinhos...

Rhodys: É uma forma bem eficaz de fazer os dedos falarem!

Daniel: Se você fizer seus pacientes falarem pela boca, eu já me dou por satisfeito.

Rhodys: Realmente, porque tem gente que vive falando pelos cotovelos!

Daniel: Isso é o que eu ia dizer! Você tirou as palavras do meu antebraço...

Rhodys: Ante(s) tarde do que nu(n)ca.

64)

Daniel: Você está num mato sem cachorro e pergunta o que fazer ao seu analista.

Rhodys: Tome, você deixou sua coleira cair.

65)

Daniel: Dr. Lacan, o senhor não acha que a elegância está na simplicidade?

Rhodys: Eu entendi sua ironia, Dr. Winnicott!

Daniel: Parece que lhe falta mais brincadeira que realidade.

Rhodys: Na realidade, tudo é uma brincadeira. Simples, não?

Daniel: Depende. Só se você for a mãe suficientemente lúdica.

Rhodys: Para você, só restou o seio mau!

66)

Daniel: Menino, você tem que comer, porque saco vazio não para em pé!

Rhodys: Está dizendo que eu sou um saco???

Daniel: Sim, mas um saco de pé de moleque para ser mais preciso.

67)

Daniel: Quando você oferece um pavê para um psicanalista, ele vai dizer que não é nem pavê é nem "pacumê", mas que vai escutar. Só não sei se isso é conveniente. O que você acha?

Rhodys: Se é pavê, certamente não atende a demanda do desejo inconsciente que sempre permanece oculto. Então você está me dizendo que vou passar fome...

Daniel: Como você é amargo. Ainda bem que usei chocolate ao leite!

Rhodys: Amar... Go!

Daniel: Putz. Go-ZOU? Mais um lacaniano...

Rhodys: Já acabou a sessão?

Daniel: Qual sessão?

Rhodys: Foi tão rápida que nem você viu! Não era pavê no final das contas.

Daniel: E isso não é bom sinal? Se passa rápido, é porque foi gostoso.

Rhodys: Depende da rapidinha.

Daniel: Não sei em que tempo você vive. Mas com certeza não é o mesmo que o meu.

68)

Daniel: Um sujeito que compra carros esportivos amarelos, verdes e vermelhos está querendo aparecer ou simplesmente não consegue abrir mão da sua querida salada de frutas?

Rhodys: Está igual ao Brasil: investe na máquina para esconder o motorista.

69)

Daniel: Olha, um charuto torto como esse está mais para doença de Peyronie.

Rhodys: Isso se chama inveja, tá?

Daniel: Inveja e gratidão.

Rhodys: Gratiluz só quando a tarifa de energia baixar.

70)

Daniel: Tem muita gente se achando cavaleiro da Távola Redonda, mas que na realidade está mais para peste negra.

Rhodys: E agem como ratos mesmo.

Daniel: Eles acham que a bulbônica mata mais. Mal sabem que são a mesma coisa.

Rhodys: Trocaram a espada pelo celular, mas a covardia continua a mesma.

Daniel: Vou mandar polir a baioneta. Ou melhor, minha capinha...

71)

Daniel: Fui tomar um café na doceria e meu jeito de andar assustou um coletivo de senhoras que estavam sentadas numa mesa. Quando eu me acomodei em uma mesa ao lado, escutei elas sussurrando e rindo de que acharam que eu iria xingá-las de tudo quanto é nome.

Rhodys: Elas têm muita esperança para quem já viveu tanto assim.

72)

Daniel: Se Nietzsche fosse obsessivo, ele falaria em vontade de "impotência"?

Rhodys: A relação dele com a Lou explica!

Daniel: Achei que você ia dizer que ele não precisava provar nada, mas não sei se a Lou concordaria com isso...
De todo modo, se eu fosse ele, escreveria: "*Além da Lou e do mal*".

73)

Daniel: Quando Sócrates diz: "sei que nada sei", significa que ele nunca soube de fato fazer um gol ou que ele é falsamente modesto?

Rhodys: Significa que o sonho dele era ser um Michael Phelps.

Daniel: Vai ver que é por isso que ele pendurou as chuteiras! De toda forma, antes isso que bater as botas...

Rhodys: Mas ele batia bem?

Daniel: Só da chuteira para cima!

Rhodys: Ufa!

Uma D.R. virtual

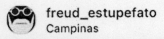

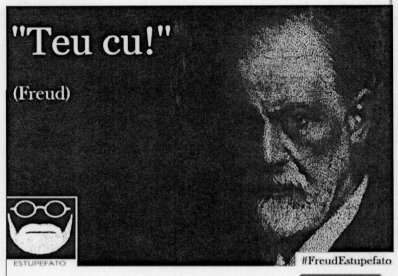

 Curtida por **mundodehekate** e **milhares de outras pessoas**

freud_estupefato Texto extraído das Conferências Introdutórias à Psicanálise, onde Freud responde com muita sobriedade um espectador que argumentou: "Ahhh, só fala bosta esse velho!", e Freud, à sua maneira genial, contra-argumentou denunciando a fixação psicossexual do replicante.

#freudestupefato #freud #psicologia #psicologiaporamor #psicanálise #psico #humor #psi #zueira #de #novo #essa #historia #de #cu #acho #que #vc #está #muito #obsessivo #haha #bomdia #quintafeira

@freud_estupefato fiquei curiosa pra ler o texto, qual página das conferências e em qual edição? Obrigada!

1d 2 curtidas Responder

— Ocultar respostas

eu tbm!

11h Responder

😄 olha o livro real é o vol XV das obras completas "Conferências Introdutórias a Psicanálise". Vou ler de novo p achar esse contra-argumento 😄😄😄

8h Responder

você sabe que há mais de uma edição das obras completas, né? Vou aguardar ansiosamente pra ler o Freud se posicionando desse modo.

5h Responder

sei sim, estou me referindo a edição standard brasileira da Imago. Esse posicionamento da postagem acima é uma ironia...😄

5h Responder

ah tá ... o texto não foi extraído das obras de Freud. Achei curioso mesmo! Obrigada pelo esclarecimento.